序詩

色彩は空のごとく単純で淡い
凡庸な印象としてしか映らないが
何故か魅せられる

パステルの軽いタッチに
過ぎ去りし蒼き日々が
強烈に魂をよぎる

思いがけない記憶の転写
その憂いに襲われ
パステル画のわなにかかる

詩集　モザイクの空＊目次

II

Ⅲ

カバー画／著者

詩集　モザイクの空

I

心象《かたち》・影

風がふと彼女の髪をなでていく
見つめ合えば
私の顔にふれる
何という誘惑
影が異常に長く描かれ
月光も海面に横たわっている
すべての思考がとまる
しかし影はやはり二つ

雲は影のようにつきまとう
愛は告げる声を失い
蒼黒い服でポーズをとるだけ
眼のみが私に許される動き
そして涙を流すこと
でもこころはまだあたたかい

マドンナと思ったのは錯覚だったのか
次第に色彩も褪せ
白黒のVERSION
何人かの女が通り過ぎていった
裸身もいれば
着飾っただけの人形もいた
ただそれだけ

愛の問いかけもない

メランコリックに
再び脳は動く
幻想を追い
嫉妬も襲う
見せかけだけの舞台は
水面に拡がった血の模様が背景

ついに叫び声となる
足許には白い骸骨
すべてを見透かされ
帰るよすがもない
暗闇が風を染め

あなたの髪が別離を告げる
思い出はすべて灰燼

遠くを眺めている
あなたの背中が
新たな構図を呼ぶ
放浪する影が
額縁のない自画像を描いている

叫び

ムンクの叫びが
美術館の限られた空間で
我が魂を
強引に呼びつける
何処に行けばいいのか

叫びが海鳴りとともに
強烈にコダマする
魂はさらに冷えて

当て所もなく漂っているだけ
在りし日の思い出が
叫びに牽かれて
定めない道を歩む
もう逃げ場はない
彷徨う魂は
空を飛び
肉体は地上で迷っている
ただむなしく
ときだけが過ぎていく

交響曲「新世界より」の
「家路」のメロディーが
追いかけるように聞こえてくる

叫びが哀愁に染まり
こころに沁みる

静かな波のような呼吸で
翻弄されていた魂が
再び息を吹き返す
今まで感じたことのない覚悟で
願っていた方向に進みだした

回廊にて

独りの足音が響き
縞模様の陽の影が長くなる
既に忘れたこともあるが
ここで過ごしたときが脳裏を巡る

静かな佇まい
蝙蝠のような雲が
海岸までの模様をつくる
見渡す限りの水平線

自然と人間社会との
心地よい共存に
日常の喧騒も聞こえない
すべてが一つの構図の中

何処までも広い海に
敬虔な祈りをささげる
ヒューマニズムの詩が
回廊を通り過ぎる

黒い瞳

憂いを感じさせるのに
魅きつけられるささやき
愛を語りかける顔の
表情が忘れられない
黒い瞳が微笑めば
こころが揺れるのだった

歪んだ顔は
これまでの人生を

表現しているかもしれない
赤い帽子が
瞳への思いを増幅する

絵と対話することで
さらにこころが惹きつけられる
いつの間にか
大きなカンバスの舞台に上がる
主役は憂いの女

帽子をかぶった女

白い窓辺に
海をモチーフとした
淡色の背景
ひとり心地よさを感じている
時間が静止した思考

縁の大きい帽子をかぶった女
紫陽花の眼差し
直線的な肢体に

洒落たワンピース
エロチシズムを忘れた
清楚なモダニズムの像

繊細な美意識で
化粧している
形に現れない孤愁が漂う
グワッシュを用いたような
ささやきが伝わる

躍動

現実派でない
だから夢想家
でなければ
単なる異端児と言っておこう

見なれた過去ではなく
描こうとする夢を感じながら
絵具を塗っていく
大胆な実験である

魔術師にかかれば
カンバスのすべての色が爆発し
幻想的に変身していく
何とも愉快な作業である

無視するような表情をしながら
夢で満たされた女が横顔でのぞく
そして　できたての絵は
無限の空を駆けていく

襲う

着古してきた夜
新たなパターンで飾られ
思いもつかないエクスタシー
魂をそそのかしながら
喰うように襲う

動物の体を思わせる楽器の模様に
古代の彫刻が浮きあがり
神秘的で

妖艶な音が生まれる
だが楽器の顔はグロテスク
思いもよらないコントラスト

頽廃的な雰囲気に
情熱的な絵
すべてが謎めいている
魔の手が呼びだされる
こまやかな技巧に
見てはいけない
エロチックな情感を感じる
演奏が終われば
魅力のないただの夜の夢

モザイクの空

薄灰色に塗られた雨あがりの朝
空っぽな風景が次第に色彩を帯び始めるとき
過ぎ去った記憶が
モザイクのようにはめ込まれていく

デフォルメされた仮面をかぶり
廃墟の劇場で喜劇役者として
一人芝居を演技している
魔法をかけられたのか

何とも愉快な顔である

雲におおわれた窓で
青いモザイクのかけらが
自由にその位置をきめている
単調な構図だが
思い出と絡みながら
青い空が拡がっていく
早くも色変わりした葉が
硝子窓に体を寄せている

空からの凪に招かれるように
情熱の背景へ
夢の道が延びる

メロディカルな曲がどこからともなく響くとき
そこはおとぎのくにの舞台

部屋の片隅では
絵本のページがゆっくりめくられていく

檄を描いて

無造作に絞り出された
使い古しの油絵具
カンバスで乱舞している
神経質に線も引かれる
チューブは空いたままで
絵具箱に放り込まれる

構図を無視した筆使い
筆が動くにつれ

手際よく造形され
みるみるうちに描くべき街景は具象となる
魂を込めた意図的なタッチで
オブジェが巧みにデフォルメされている

荒々しい描写に
異様とも思える独創性
誰にも追随を許さない
詩情を部屋の空間に伝える筆の跡は
画家として自らの迷いを
まさに否定しようとしている

FANTASY

鳥になって
宙《そら》に浮かび
彼方に飛翔するポーズ
人間が鳥に変身したのだろうか
もう顔も鳥のようになり
翼もそなわっている

画面一杯に馬が走っている
その目に映るのは何か

ヴァイオリン弾きか
サーカスのピエロ

陽がステンドグラスを透かし
意識することなく
色あせた壁を染める

舞台にはチェンバロが一台
弾き手はいない
聴衆もいない
いつのまにか
魂の音色が漂う空間

自画像は狂いだそうとしている

落ち着かない状態が続く
木たちは思い思いに踊っている
空は渦を巻き
地面は傾いている
すべてが異常だ

異郷の街でも
誰かと知り合い
またすれ違うこともある

向うべき石畳の道
足どりが重いときでも
未知の方角へ
ふと誘われることがある

エネルギーは溢れんばかり
色彩は限りのないコントラスト
求心的に魂を引きつけている
しかし
すべては綿密に計算されたモチーフ

アルルの糸杉の道は
背景を黄色に変貌させ
強烈なエネルギーを放つ

グラジュエーションにはならず
凝視することに耐えきれない
透ける空の色に救いを求める

自画像はまさに狂いだそうとしている
その視線は結ばれているのに
耳は別の方に向いている

ゴッホの残像が去った部屋で
魂は孤独に徹しきれない
窓の外に月
今夜は異質な存在

斜めに位置したベッドから

何とか自らの力で起き上がる
扉を開ければ
暖かい風が迎えてくれる
だが
アムステルダムの街景を
描くべき絵として強制する

無駄なあこがれ

南洋の楽園にひかれ
文明を忘れようとする
何とも気紛れな欲望

昔ながらの砂浜
民族衣装を着せているのに
モデルは都会のしぐさ

どこで描いても

結局は同じような
油絵となる

自らの存在を示すため
パレットをもった自画像を
絵の中に描いている

画家の瞑想は
複雑ではないはずなのに
祈りの偶像は謎めいている

Ⅱ

この逆説の部屋では

彫像のような顔が
中央に大きく位置している
背景は無機的な都市風景

左側には
のっぺらぼうな顔
仮面をつけているのか
まるで装飾のない謎の物体である
不気味な静けさが漂う

わざと仕組まれた二枚の絵
何ともいえないコントラスト
もう単なる傍観者ではいられない

この逆説の部屋では
はるか遠くより川が流れ
一人私は船をこいでいる
燃え尽きたはずなのに
何かを目指している

今、時を刻まなくなり
忘れていた優しさを感じている

動く絵

絵が動いている
ベージュと茶色との背景に
何重にも黒い線が
勢いよく引かれ
不安を感じさせる空間と
オブジェを創っている
写実的な動線は独創的輪郭

彼が生み出した彫刻

空間におかれた細い姿は
いままでの枠にはまらない
動きを伴って
話しかけてくるようだ

絵も動いている
ストイックな精神により
こころにある恐れと愛おしさが
溢れている

点描

陽を忘れようとする川岸
思いのままに色を使い
点の集まりが像として映る
濃淡はリズム
線や輪郭は意味をなさない

登場人物も単純化され
互いに関係なかったように
別の物語を語る

背景の街並には
静かなバラードが似合う

漠然とした街の
単なるワンカットなのに
何かが仕掛けられている

石壁の窓があけられ
風変わりな人物が
対岸より覗いている

奇妙なコントラスト

シンメトリーな構図
よく練られたデザイン
すべてに存在感がある
見つめた先の奔放な曲線は
大胆なアウトライン

意識的であるのだろうか
ブラウン
グリーン

互いに作用しあいながら
奇妙な配色となる

筆のいたずらか
残った余白は
企てなくても
楽天的に
モチーフを引き立てている

無題の疑問

雪の中にピアノが一台
この情景が
素早く変化していく
やはり幻影だったのか

何を運ぶというのか
手押し車が近づく
風車のように車輪は廻る
空に浮かぶ鳥かごは

空っぽ
鳥は記憶の中で食べられたのか

すべてが風景として似合わない
左手首には柔らかい時計
右手首にはらせんの階段
シュールリアリズム的な
疑問が拡がる

デッサンされた夏

陽気な浜辺
折りたたみの椅子がぽつんと一つ
さりげない
平凡な風景である

男がひとり
座って眼を閉じている
空は大口をあけたと思ったら
くしゃみをした

砂は太陽からの熱に
あえいでいる

木の葉の色をさらに濃くすれば
影の佇まいと
透き通った風をつくる
うたたねをしながら
ときが経っていくのを待つ

絵の中の楽団から
愉快な音色が耳もとに届く
アドリブの演奏に移れば
こころはスキマの空洞へ

クロッキー的印象

瞬間をとらえたデッサン
感傷を混じえず
直接その印象を伝える
画材は問題でなく
カンバスも必要でない
紙に描けば十分である

馬が連なっている
だがすべて後姿で

そのポーズも異なる
いつレースが始まるのであろうか
馬の動きとは別に
時間が止ったかのようである

線の色彩が
魔術師のように
イメージを連続させ
立体的な形となる

隣の踊り子たちは
動きを留めて
別の空間を見ている

飢餓のとき

ゆがんだ猫の顔
冷たい目で
焦点を合わせてくる
口には餌の鳥
執念深さが感じられる

後ろから
猫を捕まえようとする
シルエットとして映る手

不協和音のような情景

暗闇を
電球の光が照らす
新たな狩人らしき像が見える
デフォルメされているが
着飾った女かも知れない
輪郭もはっきりしない
さて
ほんとうの狩人は
誰だ

偶然の止揚

デフォルメされた裸婦が
振りむく
知らない笑顔は
強烈なまなざしで
新たな興奮を呼ぶ

線と線のつながりに
色彩が行動をともにする
息づくいのちに

忘れかけていた
自らのイメージを注ぎ込む
魂の躍動が
肉体を感じる

閉ざされた部屋から
緊急
脱出

ベニスにて

黒い線が構図をつくっている
蝶や家と同じように描かれ
モチーフをはっきりさせている

ベニスのゴンドラが
海の上に三艘

水に浸かった黄色の建物が
青い水面に対称に映る

客は他に誰もいない

波に揺られている
船頭の歌が建物に反響し
かって栄えた歴史を
物語として伝えている

この船の行き先は知らない

眼差し

パスキンが描いた女性たち
その眼差しが
私を襲ってくる
落ち着かない空間
都会の憂愁をもって
追いかけてくる

みせかけの愛で
包まれた笑顔に

魂はさらに大きく揺れる
あくまで冷たく

絵が飾られている部屋から
ついに逃げ出したくなる
でも隠れるところもない

どこまでも
追いかけてくるようだ
多くの眼差しが
鋭く交錯していく

Ⅲ

首の長い少女

縦長の構図
長い首の少女
黒い髪が
裸の肩をなでている
官能的な描写
伏し目がちな瞳は
蒼いアイシャドウ
印象的で魅惑的な表情

その手は
何をしようとしているのか
また
してきたか
知るすべもないが
グレーとワインレッドの背景が
静かに何かを語りかけている

見惚れる

衝撃だった
心をえぐるような絵に
押しつぶされようとした
そんなエネルギーが
目の前に存在した

気紛れで入ったひとまの画廊
偶然見惚れた濃いピンクの桜
人でごったがえす大家の展覧会では

感じたことのない印象

異常にあでやかな花びらが
不気味とも思える
デフォルメした香りで
さらに部屋をおおう
何ともいえない感性が
その反応を増幅する

一歩外に出れば
建物の周りは何も変わっていない
カンバスがつくるのは
幻覚の断片か

無作為の中で

三日月と星たちとともに
気紛れに眠ろう
また夢の中で話をしよう

色彩が造る情景が
別の孤独な夜の物語をつくる

シナリオは単純
影も笑っている

大きな星が見える
三日月と手をつないでいる
風船のような鳥も
楽しげに空を泳いでいる

彼らは何を暗示しているのか
神秘的な夢のストーリー

たわむれ

凡庸なオブジェに
ありきたりのテーマ
何とか未知なものをさがす
反逆者のレッテルを
貼られてもいい
権威もいらない
気紛れな構図も必要ない

新たなテクニックはどうか

モデルの位置を
故意に動かしてみる
ポーズした異質な女性を
前後にふたり並べ
遠近法のないスケールで
描いてみたい
モデルは互いの存在を無視しているようだ
その表情を見ると
生き様がわかる

異様な画家のたわむれ
うごめかせるのはどうか

額縁から出るのはいつだ

太く黒い線で
縁どられた道化師の顔
じっとこちらを見ている
顔には深いしわがある
厳しい年月を過ごしたのであろう
厚塗りされた絵具は年輪
もう世の中にはいたくないのか
表情も変えず
全く動かない

道化師として活躍しなければと思う
やさしいこころを拡げたい
そんな世界になることを望んでいる
額縁から出るのはいつだ
哀しい祈りが
外から聞こえてくる

絵からの脱出

ルオーの道化師が声をかける
この額縁の世界から出て
人間の社会に住んでみようかと

留めるのも聞かず
念願の地上空間に出た
早速姿を見られて笑われる
第一イメージが良くない
嘲笑とも言える差別
世間知らずの輩が

生きていけるところではないかも
笑われても仕方ないと思う
この社会でしばらく過ごしてみる

見えない糸を手繰り寄せて
昇っていこうとした
何とか頑張ってみたが
仲良くなんかなれない
何かが間違っていたのか
さらに糸で昇ろうと
がむしゃらに力をだしても
すぐに元に戻ってしまう

人をもっと笑わせて

幸せを運ぶつもりだったのだが

絵の中では何もできなかった
どんなに苦しくても
人間が住む社会で
これからも生きていく

筆のいたずら

瞬間をとらえればよい
自らの感情なんかいらない
ダイレクトな印象だけ

踊るような曲線が
躍動美を生み出している
新たなイメージをつくる

無機的なオブジェが

ひとりの人物となり
連なりながら増えていく

それぞれのポーズは異なるが
繋がる方向を決められ
人間の輪を作るのは
筆のいたずらか

思いがけず
したたかな
人間レースの始まり

逆の転回

美しさを競っている花たち
それを平凡に映す小さな池

パラソルは背のびしている
日陰から陽気が飛び出し
クリーム色の風として吹いていている

ありふれた街並みを
お洒落着をまとい

踊っている
モデルのようなポーズ

田舎の味に魅かれるのに
都会のフランス料理を食べている
何とも気まぐれなものだ

立ち止まれば
左向きで笑っているし
右の顔は怒りだしそう

変わりばえしない
無意味なコントラスト

人間との讃歌

オブジェが
急に大きくなり
機械の装置として現れた
精緻な歯車
組合せが美しい
それを動かすのは
人間の仮面をつけたロボット
これはあくまで仕組みの一つ
矛盾に満ちた形状に見えるが

何ら問題はない
社会の要求をも満足している

視点を移すと
チューブのような形をしたオブジェが
異なった姿で位置する
新たな輪郭線を描くとともに
巧みに再構成されていく
動かすためのエネルギーが満たされ
いのちのような動きも感じられる
肉体はあくまで抽象化されているが
動く機械の表情は精力的

パリの酔いどれ

モンパルナスの酒場
常連の酔っ払い
遅くまで酒を飲んでいる
いまさら情を感じることもない

エロスで惹きつける娼婦に
客たちの視線が引きつけられる
無駄な虚飾はもういらないが
気取ったポーズ

でもこころは別の所

客たちも
思い思いの道化を
舞台で演じている

酔っぱらいは
相変らず
ひとりで酒を飲んでいる

彼のいる場所は
もはやムーランルージュではない
人間たちが集まる酒場だが
それさえ意味をなさない

白い壁の道を歩けば

白い壁に囲まれた
曲がりくねった道
風車は止まっている
黄昏どき
忘れていたメロディーが響き
木々は色づいている
奏でる音は
教会の落ち葉となり
ハーモニーに舞う

薄青い曇った空の下
家族らしい人たちが歩いている
老夫婦も仲良く話している
のんびりとした描写が
それぞれの街角で交錯している

遠近のテクニックは
しだいにどうでもよくなる
風景がとけあい
感覚のままの空間となる

何とも言えない寂しさが覆っている
ここはパリの名も知らぬ道

あとがき

科学者がなりわいである理系の私は、高校時代以前には文学に無縁でありました。京都大学入学後は、その自由な学風に影響されたのでしょうか、文学や哲学にも興味を持つようになり、とりわけ詩作への興味はひとしおで、今に至っています。私にとって詩は、現実の様々な出来事や自らの思考・行動を深く意識させ、それらを止揚させてくれるもので、魂の軌跡になると思っています。また、人間の世界は現実の目に見えるものだけで成り立っているとは限りません。むしろ人間の世界は目に見えないものが多く、その見えない世界を言葉でとらえていく、これが詩だという思いも私にはあります。名画に魅了された心象風景を書いた本詩集『モザイクの空』が多くの読者に読まれることを願ってやみません。

本詩集刊行に際して、詩人、たかとう匡子様には多くの貴重なご助言をいただき、厚く御礼を申し上げます。また、土曜美術社出版販売の社主、高木祐子様には色々お世話になり有難うございました。なお、表紙絵は私が描いたパステル画です。

二〇二一年　春

和比古

著者略歴
和比古（かずひこ）

1949年生まれ　大阪大学名誉教授

既刊詩集『構図のあるバラード』（2002年　竹林館）、『風の構図』（2009年　ユニウス）、『道化の構図』（2012年　ユニウス）、『擬人の構図』（2015年　ユニウス）、『人間の構図』（2017年　ユニウス）、『遥の二重奏』（2018年　ユニウス）、『蒼き旅』（2021年　遊文舎）

所属　日本詩人クラブ・関西詩人協会・兵庫県現代詩協会・西宮芸術文化協会・日本国際詩人協会
個人詩誌「遥」発行

現住所　〒662-0084　兵庫県西宮市樋之池町18-5　平尾方
E-mail : hirao@chem.eng.osaka-u.ac.jp

詩集　モザイクの空《そら》

発　行　二〇二一年六月六日

著　者　和比古
装　丁　直井和夫
発行者　高木祐子
発行所　土曜美術社出版販売
〒162-0813　東京都新宿区東五軒町三―一〇
電　話　〇三―五二二九―〇七三〇
FAX　〇三―五二二九―〇七三二
振　替　〇〇一六〇―九―七五六九〇九
印刷・製本　モリモト印刷
ISBN978-4-8120-2625-0　C0092